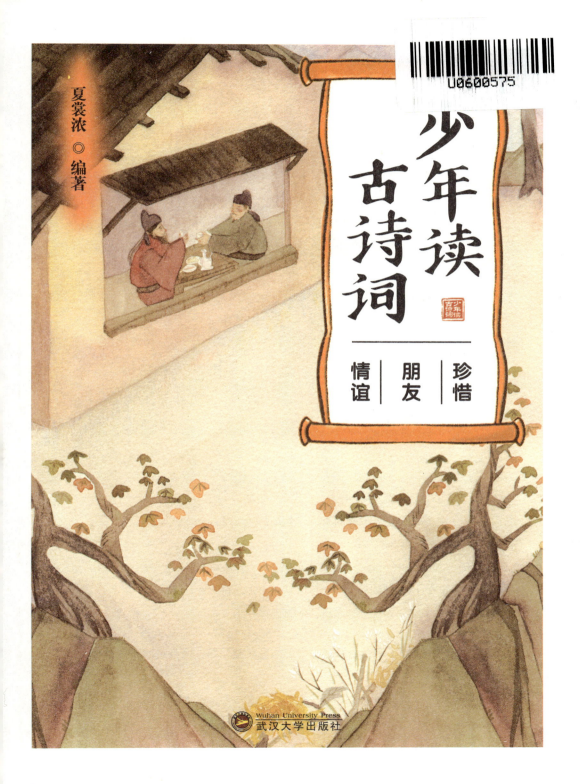

图书在版编目（CIP）数据

少年读古诗词.珍惜朋友情谊／夏裳浓编著.—武汉：武汉大学出版社，
2020.6

ISBN 978-7-307-21472-9

Ⅰ.少⋯　Ⅱ.夏⋯　Ⅲ.古典诗歌－诗歌欣赏－中国－少儿读物
Ⅳ.I207.2-49

中国版本图书馆 CIP 数据核字（2020）第 073319 号

责任编辑：黄朝昉　孟令玲　　　责任校对：牟　丹　　　版式设计：晴晨时代

出版发行：武汉大学出版社　（430072　武昌　珞珈山）

（电子邮箱：cbs22@whu.edu.cn　网址：www.wdp.com.cn）

印刷：天津东辰丰彩印刷有限公司

开本：710×1000　1/16　　　印张：9　　　　字数：60 千字

版次：2020 年 6 月第 1 版　　2020 年 6 月第 1 次印刷

ISBN 978-7-307-21472-9　　定价：32.00 元

序

　　学生要获得全面优质的发展，就需要在德智体美劳等各方面都花时间下功夫。但是，孩子们没有时间。因为教师和家长对孩子课堂学习成绩的高期望，导致过重的课业负担挤占了孩子们大量的时间。怎么办？提前学还是提高学习效率？或是采取其他方式？

　　我们认为应该做到"融合"。在编撰本书时，我们立足于让孩子欣赏最美古诗词，培养孩子优秀的性格品质；同时既能够帮助孩子做好课内的学习，也能做好知识拓展；帮助孩子提高背诵古诗词、赏析古诗词的能力和作文能力，达成应试教育与素质培养两不误。所以，我们编选古诗词的原则是，以部编版中小学课本的古诗词为基础，通过赏析与讲解，让孩子巩固课堂所学，使孩子学有所思，也可以作为提前预习古诗词之用。在此基础上，本书扩充了更多的古诗词。扩充的古诗词都是围绕主题进行编排的，比如，在以传统节日——春节为主题的分类下，选编了王安石的《元日》，又扩充了辛弃疾的《青玉案·元夕》，让孩子在同一个情境下，更深刻地体会古诗词的意境，并积累海量素材，促进写作能力的提高。

少年读古诗词，能使孩子在古诗词中感受奋发向上的人生，铺垫人生底色，积蓄生命力量。

目录

在独客异乡的孤独之中怀念好友

孟浩然（689—740 年），名浩，字浩然，号孟山人，襄州襄阳（今湖北省襄阳市）人，唐代著名的山水田园派诗人，世称"孟襄阳"。孟浩然生于盛唐，仕途困顿。曾在太学赋诗，名动公卿，一座倾服，为之搁笔。后修道归隐终身。孟诗绝大部分为五言短篇，多写山水田园风光、隐居的逸兴以及羁旅行役的心情。其中虽不无愤世嫉俗之词，而更多属于诗人的自我表现。因为孟浩然的诗在艺术上有独特造诣，后人把他与盛唐另一山水诗人王维并称为"王孟"。有《孟浩然集》三卷传世。

到好友家做客

过①故人②庄

❖（唐）孟浩然

故人具③鸡黍④，邀我至田家⑤。
绿树村边合⑥，青山郭⑦外斜。
开轩⑧面场圃⑨，把⑩酒话桑麻⑪。
待到重阳⑫日，还来就⑬菊花。

注释

①过：拜访。

②故人：友人。

③具：置办，准备。

④鸡黍（shǔ）：鸡肉和黄米，指招待客人的丰盛饭菜。

⑤田家：田间农民居住的房舍。

⑥合：环绕。

⑦郭：外城，在城的外围加筑的城墙。

⑧轩：窗户。

⑨场圃：场，打谷场、晒谷场；圃，菜园。

⑩把：拿起、端起。

⑪桑麻：桑树和麻，这里指庄稼农事。

⑫重阳：农历九月九日。

⑬就：接近、靠近，这里指观赏。

赏析

　　读之前想一想，如果我们到朋友家做客，朋友是不是会热情地准备几样饭菜或小食，邀我们一同享用呢？！唐朝时也是这样。

　　"故人具鸡黍，邀我至田家。"好友准备了丰盛的饭菜，邀请我到他农村的家里做客。在这首诗的起首，孟浩然用两句朴实无华的诗便把我们带入田园风光的情境里。这里的"黍"，就是我们现代人所称的黄米，是中国最早进行耕作的农作物之一。黍煮熟后变得有黏性，适合做糕，是当时主人招待访客的美食之一。

　　再想一想，我们到乡下游玩，会看到苍翠的树木、古朴的村舍和绵延的群山这些风景吗？

　　这些景色在这首诗里都有，一幅田园画便出现了："绿树村边合，青山郭外斜。"绿树环绕在村子周围，绵延青山横斜村外。为了与上一句押韵，所以此处的"斜"应读 xiá。当时的城分内与外，内为城，外为郭。

　　古朴自然的乡村风景在我们眼前栩栩如生地展现开来：绿树、青山、村子、城郭。

　　农舍内的画面接着出现："开轩面场圃，把酒话桑麻。"打开窗户面对着打谷场、菜园，举杯饮酒，闲谈农事家常。开阔的景色结合劳动生产的收获，使人乐开怀，端着酒杯聊聊农事，这是一幅多么和谐的画面啊！

　　想必孟浩然一定在这里度过了美好难忘的时光，所以便想着，暑往秋来之后，他绝对不想错过重阳节和好友相聚的日子。"待到重阳日，还来就菊花。"等到九月初九重阳日，"我"孟浩然一定还要来这里赏菊花啊！

　　整首诗读起来顺畅自然，像说家常话般侃侃述来，展现了朋友的亲切待客之道，充满人情味，也表现出了孟浩然与好友的真挚情谊。

清明日宴梅道士①房

❖（唐）孟浩然

林卧②愁春尽，开轩③览物华④。
忽逢青鸟使⑤，邀入赤松⑥家。
金灶⑦初开火，仙桃⑧正发花。
童颜⑨若可驻⑩，何惜醉流霞⑪。

注释

①梅道士：孟浩然的好友，孟浩然另外写的《寻梅道士》《梅道士水亭》等几首诗也跟他有关。道士，道教的神职人员。

②林卧：指隐居生活。

③开轩：打开窗户。

④物华：大自然的风景。

⑤青鸟使：神话传说中西王母的青鸟信使。《山海经》卷二《西山经》："又西二百二十里，曰三危之山，三青鸟居之。"郭璞注："三青鸟主为西王母取食者，别自栖息于此山也。"《艺文类聚》卷九一《青鸟》：

"《汉武故事》曰,七月七日,上于承华殿斋,正中,忽有一青鸟从西方来,集殿前。上问东方朔,朔曰:'此西王母欲来也'。有顷,王母至,有二青鸟如乌,侠侍王母旁。"后遂以"青鸟"为信使的代称。

⑥赤松:赤松子,仙人名,指梅道士。

⑦金灶:指道家的炼丹炉。

⑧仙桃:神话传说中神仙吃的桃子,指梅道士家里的桃树。

⑨童颜:童子红润的面容。

⑩驻:保持。

⑪流霞:古时的仙酒名,指梅道士家里的酒。

赏析

　　这天适逢清明节,隐居诗人孟浩然正在忧愁感叹,唉!这个春天就要过去了,赶快抓紧时间开窗欣赏户外的春景吧!要不然就要错过这个美丽的春天了。这时,忽然好友梅道士派人来邀请孟浩然去他家,既然好友提出了邀请,那就去吧!

　　诗中第二句引用了典故,"忽逢青鸟使,邀入赤松家"。这句诗是将青鸟比喻为传递书信的使者。赤松子,传说为神农时代能操纵雨的仙人。"青鸟"与"赤松"各用来代指"使者"和"仙人"。

　　孟浩然到了梅道士的山房，看见了什么呢？屋里金色的炼丹炉刚生起了火，屋外桃花正灼灼盛开。

　　接着这句："童颜若可驻，何惜醉流霞。"现代人常说童颜、青春永驻，在唐代，保持年轻也是许多人所追求的目标。孟浩然想着：如果饮了流霞仙酒，也就是梅道士的酒，能够让人童颜永驻，那么"我"不惜一醉！这句话似乎是孟浩然顺口而出，充满了诙谐有趣的意味。

　　孟浩然的这首诗里，带有道教色彩的词语有："金灶""仙桃""童颜""流霞"，不妨学起来，以后运用于作文里。

　　前面我们读过孟浩然的另一首诗《过故人庄》，也是和友情有关的诗，是朋友邀请孟浩然到田家做客，而这首诗则是另一个好友邀他做客，看来，孟浩然的田园隐居生活并不寂寞。

　　好友时常相邀，孟浩然一定是个待人诚恳、令人信任的人，所以交到了许多朋友。我们平时也要注重学习与人相处的技巧，以诚待人，才会像孟浩然这样有好人缘哦！

李商隐（约813—约858年），字义山，号玉溪生，怀州河内（今河南省沁阳市）人。晚唐著名诗人，和杜牧合称"小李杜"。开成二年（837年），进士及第，后卷入"牛李党争"，备受排挤。大中末年（约858年），病逝于郑州。李商隐是晚唐乃至整个唐代为数不多刻意追求诗美的诗人，也是晚唐最重要的骈体文作家。其诗思路新奇，风格绮艳，特别是一些爱情诗和无题诗读来更是感人肺腑。有《李义山诗集》传世。

北青萝

❖（唐）李商隐

残阳西入崦①，茅屋访孤僧。

落叶人何在，寒云路几层。

独敲初夜②磬③，闲倚④一枝藤。

世界微尘里，吾宁⑤爱与憎。

注释

①崦（yān）：崦嵫，古时神话传说里的一座仙山，常用来指太阳落山的地方。这里指山。

②初夜：黄昏。

③磬：古代一种打击乐器。寺院僧人念经时所敲打的钵状铜制响器。

④倚：靠。

⑤宁：为什么。

这是李商隐去拜访一个僧人朋友之后写下的诗。

读晚唐诗人李商隐的诗，需要运用一点想象力，他常常会用一些象征性的东西，去表现生命、人生。

第一句"残阳西入崦"，夕阳将要落入山里，因为阳光散发出来的光芒和白天相比薄弱许多，所以这里说黄昏时的太阳是"残阳"。"茅屋访孤僧"，李商隐在黄昏的时候走着，要去茅屋拜访一位僧人。他们是好朋友。"孤"有单一的意思，也可以解释为孤单。这里的"残"和"孤"对照，加上黄昏时分的背景衬托，使人感到诗人似乎有些孤单、悲凉。

还没到，远远的李商隐就想着："落叶人何在，寒云路几层"。叶子掉落了，朋友人在哪里？寒冷不断袭来，云深得连路都看不清了。这句诗让人不禁跟着李商隐紧张起来，天都快要黑了，山中那么冷，云又那么深，连路都不好找了，他该怎么办？如果从另一个角度想，或许李商隐的意思是，寻求悟道、寻求人生真理的道路，就像这黄昏时在山路中摸索一样，不

是那么容易的，必须用心去找。

　　好友找到了吗？"独敲初夜磬，闲倚一枝藤。"终于，诗人在刚入夜的时候到了茅屋，看见朋友独自坐在里面，一边敲着磬，一边念着佛经，闲适的时候，就倚靠着一枝藤。这里的"独敲"呼应了第一句的"孤僧"，即一个僧人独自敲磬。

　　李商隐看着友人敲磬念经，顿时有了些人生的感悟。"世界微尘里，吾宁爱与憎。"世界如微小的尘，我们住在小小的世界里，如此渺小，"我"为什么会有爱又有恨呢？看来，一次简单的拜访，让他收获不少！

寒 夜

❖（宋）杜 耒

寒夜客来茶当酒，
竹炉①汤沸②火初红。
寻常一样窗前月，
才有梅花便不同。

注释

①竹炉：指用竹篾做成的套子套着的火炉。

②汤沸：热水沸腾。

赏析

　　古时候，人们出行不易。冒着严寒，夜晚还有兴致出门去拜访友人的，通常是常常互相串门子的邻居或故交。在寒气逼人的一个夜晚，有好友来拜访杜耒，杜耒这个主人非常开心，于是就写下了这首诗。

　　"寒夜客来茶当酒"，主人以茶代酒来招待好友。这句诗表达出两人的友谊不浅，所以客人不在乎主人有没有准备酒，而主人也不一定要用酒来待客，又或者，他们都喜欢茶，所以以茶当酒。

　　杜耒又说了，"竹炉汤沸火初红"。"我"在寒夜煮茶待客，火炉里的炭冒出了红红的火焰，室内温暖了起来；壶中的水煮开了，水蒸气滚滚而上。好友在屋内坐着，"我"备茶煮水，两人闲聊，非常惬意。

　　第一句的"寒"与"沸"对照，屋外是那么的酷寒，屋内有火有热茶而十分暖和，点出了主人热情待客的一面。

　　"寻常一样窗前月，才有梅花便不同。""我"的家啊，没什么特别的，一样的窗，一样的月，和平常

一样的窗外景色，只是屋外梅花正在月光下悄然绽放，这使得今夜显得和往常有些不同。"我"和好友两人一同赏梅赏月，是多么快乐啊！

诗人与来访的志同道合的朋友一边喝茶清谈，一边欣赏着月下的梅花，别有一番韵味。梅花自古与兰花、竹子、菊花一起列为"四君子"，又和松、竹合称为"岁寒三友"，象征坚强、高洁、谦虚的内在品格，诗人说这句，也许有暗赞友人品德高洁的意思。

寒夜客来，有茶，有月光，梅花在屋外开放，给人一种清新脱俗的美感。这首诗展现了好友之间的美好情谊，给人以隽永回味之感。

客　至^①

❖（唐）杜　甫

舍南舍北皆春水，但见群鸥日日来。
花径^②不曾缘客扫，蓬门^③今始为君开。
盘飧市远^④无兼味^⑤，樽^⑥酒家贫只旧醅^⑦。
肯^⑧与邻翁相对饮，隔篱呼取尽余杯。

注释

①客至：客人为崔明府，杜甫在
题后自注："喜崔明府相过。"明府，
指县令；相过，探望，相访。

②花径：长满花草的小路。

③蓬门：用蓬草编成的门户，
这里指主人谦虚地称自己房子简陋。

④市远：离市集远。

⑤无兼味：指菜少，也是主人的谦虚用词。兼味，多种美味佳肴。

⑥樽：酒器。

⑦旧醅：陈酒。醅（pēi），没过滤的酒。

⑧肯：能否允许。

赏析

　　朋友要来拜访的这天，春光秀丽。"我"家周围都被春天的碧波所环绕，这是一种静态之美；一群群的野鸥飞来，拍动翅膀翩翩落下，这又是一种动态的美。春水和群鸥，一个静、一个动，动静结合，赋予这首诗一种灵动的美感。

　　"花径不曾缘客扫，蓬门今始为君开。"朋友啊！让"我"来告诉你，"我"家那长满花草的小径不曾因为有客人来而打扫，用蓬草编成门的简陋的房子也不曾开启，今日就为了好友你，"我"杜甫忙着到处整理打扫啊！此处的"缘"作"因为"解释。这句说明杜甫也许结交的朋友不多，但若是真有交往，都是值得好好对待的谦谦君子，而且，这位崔姓朋友一定是杜甫非常欣赏的朋友，所以杜甫才那么欢迎他。

　　为何知道这位朋友姓崔呢？因为为了说明这点，

杜甫在此诗题后自注："喜崔明府相过。"他很高兴崔县令来探访。

接着，杜甫开始谦虚起来，不好意思地向朋友说，"我"家因为离市集远，不方便买菜，所以菜的样式少且不够美味；而且家中不富裕，也买不起新酿的好酒，只有陈酒可以招待。我们由此猜测，或许唐朝时认为新酿的酒才是好酒。白居易曾写过"绿蚁新醅酒"，或许他和好友喝的是新酿成的酒。既然崔县令不嫌弃杜甫准备的饭菜，那么他应该是个不拘小节的人，由此也看得出，杜甫应该和他交情不浅。

二人尽兴之余，杜甫竟然还直率地征求崔县令的意愿：你要是不反对，咱们一起邀请隔壁的老翁过来喝酒吧！后来两人达成了一致意见，于是隔着篱笆呼唤起来。原来杜甫开心起来，也是相当可爱的，还会想着"独乐乐不如众乐乐"，呼朋引伴好不热闹，真是个好友相聚的欢乐场面啊！

钱　起（约722—780年），字仲文，吴兴（今浙江省湖州市）人，大书法家怀素和尚之叔。唐代著名诗人，与韩翃、李端、卢纶等人并称"大历十才子"，被誉为"大历十才子之冠"。又与郎士元齐名，并称"钱郎"，时人谓之"前有沈宋，后有钱郎"。因曾任考功郎中，故世称"钱考功"。

钱起当时诗名很盛，其诗以五言为主，音律和谐，时有佳句。钱起诗作在题材上多偏重描写景物和投赠应酬，与社会现实相距较远。然其诗具有较高的艺术水平，风格清新幽远，称得上"超凡绝俗"，为大历诗风的杰出代表。少数作品感时伤乱，同情农民疾苦。钱起诗《省试湘灵鼓瑟》中的"曲终人不见，江上数峰青"是流传千古的名句。有《钱考功集》十卷传世。

谷口①书斋寄杨补阙②

❖（唐）钱 起

泉壑③带茅茨④，云霞生薜⑤帷⑥。
竹怜⑦新雨⑧后，山⑨爱夕阳时。
闲鹭栖常早，秋花落更迟⑩。
家僮⑪扫萝径⑫，昨⑬与故人⑭期。

注释

①谷口：古地名，指陕西蓝田辋川谷口。

②杨补阙是诗人的友人。补阙（quē），唐朝时官名，职责是向皇帝进行规谏、劝告。

③泉壑（hè）：这里指山水。

④茅茨（cí）：用茅草盖的屋顶，亦指茅屋。

⑤薜（bì）：薜荔，植物名，一种常绿攀援或匍匐灌木。

⑥帷：四周围起来的无顶篷帐。

⑦怜：可爱。

⑧新雨：刚下过的雨。

⑨山：谷口。

⑩迟：晚。

⑪家僮（tóng）：家童，古时候对私家奴仆的统称。

⑫萝径：长满绿萝的小路。

⑬昨：先前。

⑭故人：友人。

赏析

　　朋友啊！来"我"家吧！"我"家这里环境非常好，"我"正等着你的到来啊！

　　这是一首在秋天邀请朋友来访的诗。朋友杨补阙还未到，诗人钱起就热情地提笔写实，向朋友描绘起他家蓝田辋川谷口四周的景色，有山、水、云、竹、鹭、花，充满诗人的期盼。

　　"泉壑带茅茨，云霞生薜帷。"山水泉壑绕着"我"住的茅屋，浮云彩霞似的从"我"的小院升腾而起，"我"家四周的景色真是美丽啊！薜荔是一种常绿的灌木，这里代指长满了薜荔的围墙。

下一句"竹怜新雨后，山爱夕阳时"是个倒装句，要用"新雨后竹怜，夕阳时山爱"的顺序来解释。刚刚下过雨，绿色的竹林显得更加青翠，使人怜爱；夕阳西下，黄昏的光芒渲染着层层高山，美不胜收，令人喜爱。

"闲鹭栖常早，秋花落更迟。"早早地，悠闲的白鹭就栖息了；迟迟地，秋日的花儿不凋谢。诗人用拟人手法来描写白鹭和人一样悠闲。这几句是在描写自家环境的闲逸美好，那里不仅景色清新，而且适合居住，所以秋花才会落得比较迟。这几句是诗人想要引发好友的兴趣，希望好友快快地来到此地。

"家僮扫萝径，昨与故人期。""我"让家仆清扫长满松萝的小步道，为的就是践行先前与好友你相约来访的约定啊！古时候常以"打扫萝径"来表示欢迎客人。"昨"，不一定指的是昨天，也有先前、过去的意思。

整首诗描述得活泼生动，读起来韵律优美，句句都带着一种殷切期盼友人来临的心情，也代表了诗人钱起好客的一面，相信好友杨补阙来访以后，一定会对那里美丽的景色和好友的盛情有难忘的回忆。

问刘十九[1]

❖（唐）白居易

绿蚁[2]新醅[3]酒，
红泥小火炉。
晚来天欲[4]雪，
能饮一杯无[5]？

注释

①刘十九：白居易的好友。好友姓刘，十九是他在家族中的排行，所以称为刘十九。

②蚁：浮在酒面上的泡沫。

③醅（pēi）：没有过滤的酒。

④欲：将要。

⑤无：语气词，放在句尾表示疑问，相当于"吗"。

赏析

　　刘十九是刘禹锡（刘二十八）的堂兄刘禹铜，系洛阳一富商，与白居易常有应酬。一说刘十九是诗人在江州时的朋友，名字无法查证，不过这位友人刘十九一定是个对酒颇有研究、很会品酒的人，所以白居易第一句就直白地说了："我"有准备好酒哦！就等着好友你来尝！"绿蚁新醅酒"，你瞧，这新酿好、还没有过滤的酒多么好看，浮在酒面上的泡沫翠翠绿绿的，就像个艺术品一样。"红泥小火炉"，这里还有红泥做的小火炉，别担心酒冷，还用小火炉温着呢！

　　第一句给我们开启了美学的篇章，"绿"配"红"，在寒冷的天气中增添了鲜艳活泼的气息，让诗富有画面感。新酿的酒和小小的火炉，这些都是屋子里的景物，却充满着诗人的热情。诗人充满热情的原因，就是在期待好友刘十九的到来。到底他来不来呢？就怕好友不来！白居易又加了一句，别再犹豫了，好友啊！天这么冷，只有"我"这里的好酒和友谊能够温暖你的心。"晚来天欲雪，能饮一杯无？"天色就要暗了，看起来也将要降雪了，赶快动身吧！你能过来和"我"对饮，喝一杯新酒吗？

白居易那种闲适的心情、好客的热情，都在这首诗里表露无遗。我们之前在杜甫的那首诗《客至》里提过，在唐朝，新酒代表的是比较昂贵的酒，而"樽酒家贫只旧醅"，陈年的老酒反而比较平价。准备新酒，代表了白居易对好友的用心，以及对朋友来访的那种殷殷期盼。

好友间的久别重逢

江南①逢李龟年

❖（唐）杜　甫

岐王②宅里寻常见，
崔九③堂前几度闻。
正是江南好风景，
落花时节④又逢君。

注释

①江南：长江以南的地区，这里指今湖南省一带。

②岐王：唐玄宗李隆基的弟弟，本名李隆范，后为避李隆基名讳改为李范。

③崔九：崔涤，在家族兄弟中排行第九，所以称崔九。

④落花时节：暮春，通常指农历三月。

赏析

　　"岐王宅里寻常见,崔九堂前几度闻。"从前,"我"在岐王府第中经常见到好友你的表演,在崔九堂前也好几次听到你的演奏。从诗的第一句中,我们可以想象当年李龟年的表演盛况,满府邸座无虚席,掌声如潮。

　　少年时期的杜甫交游广泛,因为才华横溢,受到众人喜爱,时常在贵族岐王李隆范和官员崔涤的门庭中做客。李龟年当年是个知名歌唱家,连皇帝唐玄宗也慕名而来,李龟年经常受邀到岐王与崔涤的门第内引吭歌唱,少年杜甫常常可以欣赏到李龟年精湛的表演。

　　好几年过去了,杜甫和好友在江南久别重逢。匆匆这些年,唐王朝经历了安史之乱,国势急转直下,大不如前。所以,杜甫不禁发出了感叹:"正是江南好风景,落花时节又逢君。"想不到竟能在江南与好友你再度相逢,而此时的江南,正是风景优美、暮春花落的时节。

朋
友
情
谊

珍

惜

　　"君"指的是李龟年，而"落花时节"稍微带点感伤的味道。落花时节大多是春末、阴历三月的时候，我们可以想象落花如雪花般飘落时的那种美丽动人的场景。

　　当杜甫与李龟年这两位好朋友于江南再度相遇，立刻使杜甫把回忆之门打开，过去的美好历历在目，充满无限的怀念。

　　清人赞叹这首诗是七绝诗中的压卷之作。这首诗所流露出的友谊真挚动人，难怪会被人称颂至今。

长安遇冯著

❖（唐）韦应物

客从东方来，衣上灞陵①雨。
问客②何为来，采山③因买斧。
冥冥④花正开，飏飏⑤燕新乳⑥。
昨别⑦今已春，鬓丝⑧生几缕。

注释

①灞（bà）陵：灞上，又作霸上、霸陵，汉文帝刘恒的陵寝在这里，因为靠近灞河，所以得名。位于古时长安东郊山区，在今西安市东。

②客：指友人冯著。

③采山：砍柴。

④冥冥：形容大自然造化幽深无语。

⑤飏（yáng）飏：形容鸟儿飞翔的样子。

⑥燕新乳：指小燕刚出生，嗷嗷待哺。

⑦昨别：去年分别。

⑧鬓（bìn）丝：鬓发。

赏析

在一个花儿争相绽放的春天里，韦应物在去往长安的路上，遇到了好友冯著，两人开心地聊起天来，韦应物想起了好友的过往，有所感触，因而写了这首诗。

挚友冯著从东郊回到长安城来了，衣服上还沾着灞陵的雨水。灞上长久以来就是著名的隐逸之地，历代许多隐士都曾到那里居住，冯著也不能免俗。带着灞陵的风范，冯著翩翩而来，气度非凡。

"请问你为什么来长安呀？"冯著回答说："来买斧啊！为了开辟荒地，要砍柴用。"好友啊！看着你满身失意落魄，还这样打趣，真是会说俏皮话。其实"我"早就知道你是个有才能、对未来有抱负的人，以前在家乡即使清贫度日，仍然不改其志，多年前来长安城谋职位，十年匆匆过去，官位还是没有着落，心中不免失意难过。"我"能理解你的心情，深切地为你的遭遇抱不平，但是看你言语还这么诙谐，知

道你还抱着些希望。那么就让"我"为你打打气吧！

　　冥冥之中，大自然造化生命，滋养万物。春天的花朵正开放着，鸟儿欢快地在空中拍着翅膀飞行，刚出生的燕子宝宝被燕子妈妈呵护着，一切井然有序。朋友，你看，春天是多么美好啊！只要你对前途保持信心，一切便会安好。

　　自去年与你分别到今天在风光明媚的春天相见，你我都添了岁数，鬓发又多了几缕银丝白发，但是还没有头发全白啊！代表我们还没太老，所以，要对自己保持正向的态度，继续努力，未来一定会更好的。

　　这首诗以风趣的比喻与对答，来表达诗人对好友的关心和勉励，用以激励好友，令人动容。

珍惜 朋友情谊

他乡遇同乡

江乡故人偶集①客舍②

❖（唐）戴叔伦

天秋③月又满，城阙④夜千重⑤。
还作江南会⑥，翻疑⑦梦里逢。
风枝⑧惊暗鹊，露草⑨覆寒蛩⑩。
旅羁⑪长⑫堪醉，相留⑬畏晓钟⑭。

注释

①偶集：偶然聚会。

②客舍：旅店、旅馆，指古人供客人居住的房间。

③天秋：季节到了秋天。

④城阙（què）：城门两边的望楼，引申指
城池。

⑤千重：千层，层层叠叠，形容夜色浓重。

⑥会：聚会。

⑦翻疑：反而怀疑。翻，义同"反"。

⑧风枝：风吹动树枝。

⑨露草：沾露的草。

⑩覆寒蛩（qióng）：一说为"泣寒蛩"。蟋蟀在古文中称作蛩,俗称"蛐蛐"。

⑪羁（jī）旅：指客居异乡的人。

⑫长：一作"常"。

⑬相留：互相挽留。

⑭晓钟：报晓的钟声。晓，天亮、天明，报晓就是告诉大家天亮了。

赏析

　　唐朝人和我们现代人一样，也会因为工作的关系，需要到不同的地方出差办事。这一天秋风萧瑟，戴叔伦到外地办事，住在江南的某个旅店里，竟偶然遇见了故乡的朋友，惊喜之余，有了一些感触，于是提起笔写下这首诗。

　　秋天到了，又是一个月圆夜。远远望去，圆盘似的月亮挂在星空，一座座的城楼在眼前铺展开来。今天的夜色千千重重、层层叠叠，浓重而又深沉。"天秋月又满，城阙夜千重。"这一句诗描写的景色非常优美，秋天、满月、城阙、夜色，勾画出一幅冷色调

36

的秋天景色，颇有意境。

"我"就在这样的浓浓秋夜里，在江南遇见了故乡的好友，真是又惊又喜啊！惊喜到怀疑这不是真的，而是自己和友人在梦里相逢。"还作江南会，翻疑梦里逢。"这里的"翻"，意思同"反"，作"反而"解释。

秋风吹过树木，枝叶摇动，惊扰了在暗中栖息的鸟鹊；草上霜露凝重，害怕寒冷的秋虫仿佛在哀泣，到处都能感受到秋天的寒意深深。那种寒冷的感觉令人不禁悲从中来，产生一种万物凋零的悲凉感。这一句暗喻诗人与好友在他乡生活辛苦的一面。

客居异乡的"我们"难得碰面，相聚实属不易。既然遇见，"我们"不妨举杯畅饮、叙旧排愁，珍惜相聚的时光。"我们"互相挽留，直到听见远方报晓的钟声，依依不舍地道别，期待下一次重逢。

戴叔伦借由这首诗，表达了与故乡好友在异地相遇的惊喜，读起来生动有趣。足见诗人与故乡好友间深厚的友谊。本诗以景喻情，语气真挚动人，值得一读。

陶渊明（352 或 365—427 年），字元亮，又名潜，号五柳先生，世称靖节先生。东晋浔阳柴桑（今江西省九江市）人。东晋末期诗人、文学家、辞赋家、散文家。曾任江州祭酒、建威参军、镇军参军等职，41 岁时出任彭泽县令，80 多天后便辞官而去，归隐田园。田园生活是陶诗的主要题材，陶渊明是中国第一位田园诗人，其作品语言平淡，又富有情致和趣味。陶渊明的代表作品有《归园田居》等，他被称为"古今隐逸诗人之宗"，其作品被后人编为《陶渊明集》。

与乡邻的相处

移居二首（其一）

❖（晋）陶渊明

昔欲居南村，非为卜其宅①。

闻多素心人②，乐与数晨夕。

怀③此颇有年，今日从兹役④。

敝庐⑤何必广，取足⑥蔽床席⑦。

邻曲⑧时时来，抗言⑨谈在昔⑩。

奇文共欣赏，疑义相与析⑪。

注释

①卜其宅：卜问宅邸吉凶。

②素心人：指心性纯洁善良的人。

③怀：抱着愿望。

④从兹役：顺从心愿。兹役，这种活动，指移居这件事。

⑤敝庐：破旧的房屋，通常为主人谦辞。

⑥足：足够。

⑦蔽床席：遮蔽床和席子。

⑧邻曲：邻居。

⑨抗言：高谈阔论。抗，同亢，高的意思。

⑩在昔：指往事。

⑪析：剖析文中的道理。

赏析

（这里，我们想象一下陶渊明与好友对话的场景。）

东晋诗人陶渊明因为原来的房子遭遇火灾，只好搬家，最后他搬到南村居住，听说和南村乡邻相处得很融洽。这天，住在其他地方的好友来拜访陶渊明，想知道他在南村的生活好不好。

好友：好久不见！你搬到新家了，感觉如何？还满意吗？

陶渊明：哎呀！我早就有搬到南村居住的想法，并不是因为我托人占卜过说那里是风水宝地，而是因为这边的人大多淳朴善良，我愿意早晚和他们相处，所以才有此决定的。（"昔欲居南村，非为卜其宅。闻多素心人，乐与数晨夕。"）

好友：那你多久以前就有搬到这里的想法？

陶渊明：说实在的，我有这样的想法其实有很多年了，今天才得以实现。不过，你别看我的新家寒酸简陋，我是重在交友啊！房子何必那么宽敞呢？只要能遮风蔽雨，有一张床席就够了。（"怀此颇有年，今日从兹役。敝庐何必广，取足蔽床席。"）

好友：我没有要取笑你的意思啦！你和这些好邻居们聚在一起，都在做什么事呢？

陶渊明：我的邻居们经常来拜访我，大家高声谈论着往事，都很热切。有时候大家还会拿出新奇的文章一同欣赏，要是有不懂的地方，就互相分析讨论。（"邻曲时时来，抗言谈在昔。奇文共欣赏，疑义相与析。"）

好友：我们魏晋人喜欢辩难析理，听说那位名士谢安在悠游山水之间时，也会以解析文章自娱，看来大家真的都喜欢做这件事。那么，再见！

陶渊明：下次再来我家坐坐，我再跟你聊聊和南村邻居互动的事情。

好友：好！下次见！

移居二首（其二）（节选）

❖（晋）陶渊明

春秋多佳日，登高赋新诗①。
过门更相呼，有酒斟酌②之。
农务③各自归，闲暇辄④相思。
相思则披衣⑤，言笑无厌⑥时。
此理将不胜？无为忽去兹。
衣食当须纪，力耕不吾欺。

注释

①赋新诗：作新诗或念新诗。

②斟酌：倒酒而饮，饮酒、喝酒的意思。

③农务：农活，农事，农忙。

④辄（zhé）：就。

⑤披衣：披上衣服出门，指去找人谈心。

⑥厌：这里指满足。

赏析

（这里，我们想象一下陶渊明与好友对话的场景。）

好友：你好！渊明兄，今天我又来找你了。

陶渊明：你来得正好。这几日天气好，我的南村好邻居又约我出去了，正好和你分享一下我和邻居之间相处的情形。

好友：你和邻居去了哪里？

陶渊明：春秋的季节，天气晴朗舒适，正好适合外出，我和那些淳朴善良的好邻居就爬山登高去了，还赋了几首新诗呢！（"春秋多佳日，登高赋新诗。"）

好友：你们好有闲情逸致啊！那平常的日子呢？

陶渊明：经过彼此的家门，大家都会互相打招呼，有酒的话，还会相邀共饮呢！（"过门更相呼，有酒斟酌之。"）

好友：真是羡慕，但是……难道你们平常不忙工作吗？

陶渊明：工作当然有啊！住在乡村，农事就是最重要的工作了。我们农忙的时候，我和邻居就不互相串门子了，我们各自耕作、各自回家，等到闲暇的时候，才会想到对方。（"农务各自归，闲暇辄相思。"）

好友：原来如此，你们也有忙碌的时候。

陶渊明：不过，我们也会忙里偷闲，等到思念起邻居的时候，有时候直接披上衣服就出去找他们了，我们凑在一起谈笑风生，根本没有厌倦的时候。（"相思则披衣，言笑无厌时。"）

好友：你们都好率真！听起来都是非常美好的时光，你和邻居之间的情谊真的很深啊！听得我都想搬来南村和你们一起住了。

陶渊明：呵呵！想当年我不做彭泽县令，写了《归去来兮辞》，想要脱离仕途，带着家人回归田园的这个决定是对的，我的确在山水之间生活得很快乐。你要是没事，我待会儿带你去认识我的好邻居们，他们一定会欢迎你！

好友：好啊！真是太好了！

赞美、鼓励好友

赠刘景文①

❖（宋）苏 轼

荷尽②已无擎③雨盖④，
菊残⑤犹⑥有傲霜⑦枝。
一年好景君⑧须记⑨，
最是橙黄橘绿时⑩。

注释

①刘景文：刘季孙，字景文，北宋
诗人，是苏轼的好友之一。

②荷尽：指荷花枯萎，残败凋谢。

③擎：举，向上托举的样子。

④雨盖：雨伞，这里指荷叶。

⑤菊残：菊花凋谢残败。

⑥犹：仍然。

⑦傲霜：不怕霜寒，形容坚强。

⑧君：对人的敬称，您。

⑨须记：一定要记住。

⑩橙黄橘绿时：指橙子发黄、橘子将黄犹绿的时候，指农历秋末冬初。

　　这是北宋诗人苏轼写给好友刘景文的一首诗，赞美他的才情品德。诗句语气温婉，积极向上。

　　这个时节，荷花池里已经看不见夏荷的绽放，清香的花瓣和宛如雨盖的荷叶已经枯萎凋谢；秋季盛开的菊花虽然也有些残败，但是还留着一些枝叶，在风霜中骄傲地挺立着，不畏天气的严寒。从这句我们可以知道，夏天已经离开，秋天快过去了，冬天的脚步近了。

　　苏轼以景喻事，用大自然的“荷尽”和“菊残”来比喻人生的不如意，并由此来劝勉好友，遇到困难、人到老年，仍要积极面对，从正面的角度去看事情。

古时有四君子：梅、兰、竹、菊，苏轼描写其中的"菊"犹有"傲霜枝"，代表君子在困境中仍不屈不挠，也有赞美好友是谦谦君子的美意。

"一年好景君须记"，意思是说：你要记得，一年四季都有美景可欣赏。

朋友，千万别被荷尽、菊残给扫了兴致，秋末冬初的季节也是美好的。秋收冬藏，人们秋天里忙着收获农事，冬天休养生息，大地回归到充满宁静的时光。"最是橙黄橘绿时"，一年之中，一定要记住，最好的景致就是在橙子金黄、橘子青绿的时候，就是收获的季节啊！苏轼借由这句话，劝勉好友活在当下，因为现在就是收获的季节，还有酸酸甜甜的橙子橘子可以吃啊！

这首诗，除了勉励好友，也带给我们许多人生感悟，诗人提到要多以正面角度欣赏眼前的事物，放在现代，这首诗仍然是一首激励人心的作品。

听蜀僧浚①弹琴

❖（唐）李　白

蜀僧抱绿绮②，西下峨眉峰③。
为我一挥手④，如听万壑⑤松。
客⑥心洗流水，余响⑦入霜钟⑧。
不觉碧山暮，秋云⑨暗几重。

注释

①蜀僧浚：蜀地一位名叫浚的僧人。

②绿绮（qǐ）：琴名。汉代司马相如有一张琴，名叫绿绮，这里用来代指名贵的琴。

③峨眉峰：峨眉，山名，在今四川省峨眉山市西南，因有两山峰相对如蛾眉，故得此名。

④挥手：这里指弹琴。

⑤壑（hè）：山谷。

⑥客：诗人自谓。

⑦余响：指琴声余音。

⑧霜钟：指钟声。

⑨秋云：秋天的云彩。

赏析

　　诗仙李白平常除了交友、写诗，也喜欢听音乐。这位让他感动到挥笔写诗的好友，名字叫浚，是个四川僧人，弹得一手绝妙好琴。两人的交情甚笃，是非常要好的朋友。

　　诗的第一句："蜀僧抱绿绮，西下峨眉峰。"蜀僧浚抱着珍贵的琴，从峨眉峰西侧下山来。绿绮是古代名琴之一，为汉代司马相如所有。绿绮与齐桓公的号钟、楚庄王的绕梁、蔡邕的焦尾一样有名，这里用来代指名贵的好琴。

　　第二句："为我一挥手，如听万壑松。"好友一抬手开始演奏，"我"就好像听见了山谷里的松树同时在风中摇曳。好友的琴声悠扬，回荡在山谷之间。李白的描述，让我们也好像经历了大自然的洗礼一样。

　　客人李白的心被宛如流水的琴声洗涤过，顿时心旷神怡起来，琴声的余音在耳边回响，与远方的钟声相应，融合在一起。

　　不知不觉地，李白竟然没有察觉到碧绿的山边已经是夕阳暮色，秋天的云彩也暗了下来，即将入夜了。李白听得如痴如醉，竟然忘了时间的流逝，以此表达好友技艺高超，乐曲高妙。或许，正是因为听者是李白这个好友，所以蜀僧浚才会使出浑身绝学，要让他难以忘怀这次演奏。我们从这里得知两人的友情深厚，蜀僧浚没有看走眼，他的好友李白果然是他的知音。

好友相聚后的别离

云阳①馆与韩绅宿别②

❖（唐）司空曙

故人江海③别，几度④隔山川。

乍⑤见翻⑥疑梦，相悲各问年。

孤⑦灯寒照雨，湿竹暗浮烟。

更有明朝恨，离杯⑧惜共传⑨。

注释

①云阳：县名，在今陕西省内。

②宿别：同宿之后又离别。

③江海：指上次道别的地方，或指天涯异地。

④几度：几次，多少次，此处指岁月辗转。

⑤乍：骤然，突然。

⑥翻：反而。

⑦孤：单一，亦有孤单的意思。

⑧离杯：离别酒，饯别时喝的酒。杯，酒杯，这里代指酒。

⑨共传：互相举杯。

赏析

　　司空曙在云阳的酒馆里，突然见到多年不见的好友韩绅，两人又惊又喜。但是寒暄过后两人得知第二天又要分离。司空曙满怀不舍的情绪，写下了这首关于他们相聚后又别离的诗。

　　第一句："故人江海别，几度隔山川。"自友人和"我"上次在江海之地分别，岁月辗转，已过了许多年。这里直接告诉读者，司空曙和好友已经很久没见面了。

　　当他们重逢的时候，会发生什么事呢？"乍见翻疑梦，相悲各问年。"乍见，就是突然看见，没有事先约好，所以两人非常惊讶，反而觉得不真实，怀疑是在梦中。突然见面，两人相互问候，感叹世事，竟而悲伤叹息起来。这句和本书所收戴叔伦《江乡故人偶集客舍》里的"还作江南会，翻疑梦里逢"情景类似。

　　古人写诗常常借物抒情："孤灯寒照雨，湿竹暗浮烟。"司空曙和友人道别前对坐聊天，头顶的孤灯冷冷地在雨中照着，令人感到寒冷，外面的竹林被雨淋湿，幽暗中湿气升腾，好像云烟一样。云阳馆当时的"灯"不一定只有一盏，诗人说"孤灯""寒照雨""湿竹""暗浮烟"都是为了表达即将和友人离别带来的淡淡离愁与感伤。

　　好友相聚，时光总是过得特别快，短暂的相聚过后总是又要别离。"更有明朝恨，离杯惜共传。"更可恨的是明天"我们"就又要分别了，让"我们"举杯吧！喝下这离别的酒，好好珍惜眼前相聚的时光！最后这句的"惜"字是重点，代表了整首诗的主题：要珍惜友情。

朋友情谊

赠少年

❖（唐）温庭筠

江海①相逢客恨多，
秋风叶下洞庭②波。
酒酣③夜别淮阴市④，
月照高楼一曲歌。

注释

①江海：泛指外乡、异地。

②洞庭：洞庭湖，长江流域的湖泊。

③酒酣：酒喝得很畅快。

④市：古代进行商业交易的固定场所。

　　温庭筠写了一首诗送给友人，因为朋友是个少年，两个人聊天，聊着聊着，温庭筠的心态也跟着年轻起来，所以这首诗的后半段含有一些豪侠之气，与平时他写的华丽浓艳的诗句有些不同，令人耳目一新。

　　这一天，温庭筠在外地和少年好友见面了，两个好友相逢之后又要道别，突然觉得离别的恨还蛮多的，为什么呢？诗人给了我们两个理由。

　　第一个理由，或许和秋天这个季节有关，"秋风叶下洞庭波"，在这样一个落叶缤纷的秋天，枯黄的叶子从树上纷纷落下，落到洞庭湖的水波之中，不由得令人感伤。这里或许化用了《楚辞·九歌·湘夫人》里的"袅袅兮秋风，洞庭波兮木叶下"来描述秋天，不一定是指他和友人所处的地点。

　　第二个理由，"酒酣夜别淮阴市"。温庭筠和友人在夜里畅快喝酒，即将在淮阴的市集道别。这里的"淮阴"是一个典故。以前，被称为"汉初三杰"之一的淮阴侯韩信曾经度过一段贫困又屈辱的日子，

后来受到刘邦重用，在沙场立下汗马功劳，成为统帅，威震四方。这里，诗人暗用韩信故事来自述抱负，并激励少年要有志气、不畏艰难。

最后，既然分别在所难免，为了纾缓"恨别离"的情绪，于是"月照高楼一曲歌"。在这个皓月当空的夜晚，两人登上高楼豪放地唱一首歌，当作离别的纪念。放声高歌，这样的胸怀，也许温庭筠只有遇见这位少年友人，才会有这样独特的经历。他们的友情，就在这夜里的歌声中，在《赠少年》这首诗里。

客中^①行

❖（唐）李　白

兰陵^②美酒郁金^③香，
玉碗^④盛来琥珀^⑤光。
但使^⑥主人能醉客，
不知何处是他乡^⑦。

注释

①客中：指旅居他乡。

②兰陵：今山东省临沂市苍山县兰
陵镇；一说位于今四川省内。

③郁金：一种香草，可以拿来
浸酒，增加香气。

④玉碗：玉制的碗，指精美的碗。

⑤琥珀（hǔ pò）：松柏科等植物的树脂化石，呈透明或半透明的黄、
黄棕或红棕色等，光泽晶莹。这里形容兰陵酒的色泽就像琥珀。

⑥但使：只要。

⑦他乡：家乡以外的地方，异乡。

赏析

　　这是一首表现主人和客人热闹互动的唐诗。

　　诗仙李白喜欢游览天下，到处结识朋友。到了兰陵，他知道兰陵的酒名满天下，常常品酒作诗的李白当然不会错过这个喝酒的机会。

　　诗的第一句，就让人闻到了酒香。

　　兰陵美酒远近驰名的原因：郁金香。郁金是一种当地产的香草，制作酒的时候，兰陵的酒匠会把郁金放进酒缸里，酒制作好之后，酒就会呈现一种金黄色的光泽，还会带着浓郁芬芳的香气，所以说"兰陵美酒郁金香"。

　　有了好的酒，怎么能没有好的酒杯来盛酒呢？"玉碗盛来琥珀光"，精美的玉碗盛着好酒，酒里泛起如琥珀般晶莹的光芒。这句诗表明兰陵酒质量非常好；同时暗示了朋友是拿出好酒来和李白对饮，说明他很珍惜两人的友情。

　　李白爱酒，常常以酒会友，一生写过一百多首与酒有关的诗。看来李白的兰陵朋友也是他的知己。

　　"但使主人能醉客，不知何处是他乡。"朋友互相举杯，痛快畅饮，只要能让客人陶醉在这美酒之中，客人就会忘了自己身在异乡。

　　最后一句，李白用豪迈、夸张、欢乐的语气，把主人的热情好客、客人尽兴互动的场面写得活络起来。让我们依照诗句想象当时的场景：兰陵美酒的香气缓缓飘来，酒水泛着光泽，李白和朋友在举杯对饮，尽情欢醉……那是一幅多么欢乐的画面啊！相信李白在兰陵受到朋友的不少照顾，才会对这段饮酒经历念念不忘，所以写下这首蕴含友谊的饮酒诗。

送别好友——诗意、浪漫之别离

黄鹤楼①送孟浩然之②广陵③

❖（唐）李　白

故人④西辞⑤黄鹤楼，
烟花⑥三月下⑦扬州。
孤帆⑧远影碧空尽⑨，
唯见⑩长江天际⑪流。

注释

①黄鹤楼：位于长江下游地带，故址在今湖北省武汉市武昌蛇山的黄鹄矶上。据考证，古代"鹄"与"鹤"二字乃一音之转，互为通用，所以名为"黄鹤楼"。又有传说，仙人驾鹤经此，或是道士自此乘鹤飞去，故称黄鹤楼。

②之：往，到达。

③广陵：今扬州。

④故人：老朋友，这里指孟浩然。

⑤辞：辞别。

⑥烟花：形容春光明媚的景象。

⑦下：顺流而下。

⑧帆：代指帆船。

⑨尽：尽头。

⑩唯见：只看见。

⑪天际：天边。

赏析

　　李白在黄鹤楼送别好友孟浩然去广陵后，久久不愿离去，见到四周景色如画，诗意油然而生，于是留下了这首千古名诗。

　　李白认识孟浩然时只有 28 岁，那时他刚从四川出来，喜欢结交朋友。由于仰慕山水田园派诗人孟浩然，经过朋友介绍，李白终于和 40 岁的孟浩然见了面。虽然相差十几岁，但是并不妨碍两人的交流，他们一见如故，成为至交好友。

　　孟浩然已经乘船远去了，李白还在原地一直望着。只见长江烟波浩荡，共长天一色，孟浩然所乘坐的船

顺江而下，缓缓地驶向江水的尽头，直到消失在天际。

这首送别诗充满了浪漫色彩，李白用"辞"（辞别）、"下"（顺流而下）、"碧空尽"（天空的尽头）、"天际流"（向天边流去）等几个生动活泼的词语让这首送别诗充满感情，足以见得李白和孟浩然两人的友谊深厚，令人艳羡。

刘长卿（约709—约786年），字文房，唐河间（今属河北省）人，一说宣城（今属安徽省）人，家居洛阳，唐代诗人。唐玄宗天宝年间进士。唐肃宗至德中任监察御史、苏州长洲县尉，代宗大历中任转运使判官，因刚而犯上被诬再贬为睦州司马。唐德宗建中年间，任随州刺史，官终于此，世称"刘随州"。刘长卿在五言诗上颇有建树，自称"五言长城"。《骚坛秘语》有谓：刘长卿最得骚人之兴，专主情景。有《刘随州集》传世。

送灵澈上人①

❖ （唐）刘长卿

苍苍②竹林寺，
杳杳③钟声晚。
荷笠④带斜阳，
青山独归远。

注释

①灵澈（chè）上人：唐代著名佛教僧人，本姓杨，字源澄，在云门寺出家为僧（上人是对僧人的敬称）。

②苍苍：深青色，形容茂盛、众多。

③杳（yǎo）杳：幽深，深远。

④荷（hè）笠：背着斗笠。荷，背着。

赏析

一天傍晚，彩霞满天，刘长卿为好友灵澈上人送别。两人随意散着步，刘长卿望着四周美景，觉得应该要为这件事写一首诗，于是，这首处处美景的送别诗就出现了。

"苍苍竹林寺，杳杳钟声晚。"傍晚时分，青翠茂盛的竹林衬托着深青色的竹林寺，远远的传来悠扬的钟声。这首诗所传达的意境非常美，一般说来，之所以被命名为竹林寺，通常是因为附近有竹林。"苍苍"是深青色，可以说是竹林寺深青色，也可以说是竹林苍苍，因为竹林长得很茂盛，充满生命的活力。

你听过寺庙里的钟声吗？钟是寺庙用来报时、集合众人而敲击的法器。当钟被敲响，洪亮的钟声就会传到人们耳朵里，那是一种清扬悠远的声音，让人感到心情平静。如果根据第一句诗作一幅画，那么画中或许会有僧人、寺庙、清钟和竹林，在傍晚的天空下，一切都静静的，让人感到放松、自在。

这场道别似乎没有离愁，诗人也没有描述他们谈了什么话。从诗句描述的幽静的景色里，我们能感受到一种从容、闲适的心情。或许他们不需要赶路、不需要匆匆道别，也或许在这个道别的时候是"无声胜有声"，好友之间有种默契，不需要太多言语。

刘长卿和好友终于道别，他看着好友的背影："荷笠带斜阳"，背着斗笠，在夕阳下走着。"带"这个字用得很传神，语调活泼，好像友人可以把斜阳带在身上一样。"青山独归远"，友人独自回去，向着青山的方向越走越远。

刘长卿目送友人归去，留下这首美丽的唐诗，让我们也能感受到他们的真挚友谊。

朋友情谊 珍惜

送别好友——伤感之别离

送元二使安西

❖（唐）王 维

渭城①朝②雨浥③轻尘，
客舍④青青柳色新。
劝君更尽⑤一杯酒，
西出阳关⑥无故人⑦。

注释

①渭城：秦朝时的古城咸阳，位
于今陕西省咸阳市，有黄河第一大
支流渭河流过，渭河即渭水。

②朝：早晨。

③浥（yì）：润湿。

④客舍：旅店，旅馆。

⑤更尽：再喝完。

⑥阳关：在今甘肃省敦煌市内，古代丝绸之路上的交通要塞。

⑦故人：友人，老朋友。

赏析

　　一日清晨，王维来到渭城，是为了要送别他的友人元二。城内，路上车水马龙，到处熙熙攘攘，却不见尘灰漫扬。原来，"渭城朝雨浥轻尘"，是因为早晨刚下过一场雨，使得街道顿时变得格外清新起来。

　　"客舍青青柳色新。"环顾客舍四周，刚刚被雨浇淋过的柳树，叶片颜色青青如新。柳色之青，与客舍青青相映成趣。"柳"谐音"留"，古人有折柳送别好友的习俗，所以柳树有象征离别的意思。

　　这首诗名"送元二使安西"。古时候，人们习惯将自己在整个家族中的排名当作称呼，王维的这个朋友元二，就是因其在家族中排行老二而得名。

　　饯别中，感伤的王维还是不能免俗地举杯"劝君更尽一杯酒"。朋友啊！我们再喝一杯酒吧！似乎有

意延长道别的时光。

为什么要这样做呢？那是因为"西出阳关无故人"。元二将要远行，远行到一个距离王维所在的渭城非常遥远的地方——西北边疆。阳关位于现今甘肃省敦煌市西南方，元二是从阳关而出，往西行。古时候交通不便，两人此次离别之后怕是再难相见。想到这里，王维不免伤感，所以才这么说。

整首诗读起来朗朗上口，又极富意境，让读者仿佛置身事前。难怪北宋的苏轼在他的《东坡志林》中这样评价王维："味摩诘之诗，诗中有画；观摩诘之画，画中有诗。"（摩诘是王维的字）

芙蓉楼①送辛渐二首（其一）

❖（唐）王昌龄

寒雨连江②夜入吴③，
平明④送客⑤楚山⑥孤⑦。
洛阳⑧亲友如相问，
一片冰心⑨在玉壶。

注释

①芙蓉楼：原名西北楼，可以俯瞰长江，遥望江北。依照两首诗所提的地名，这里指今江苏省镇江市的芙蓉楼。

②连江：雨水与江水连成一片，形容雨势大。

③吴：古代国名，其时江苏镇江一带为吴国所属。这里指诗人及其好友所在的地方。

④平明：天亮的时候。

⑤客：指好友辛渐。

⑥楚山：楚地的山。这里的楚指镇江一带，因为古代吴、楚先后统治过这里，故也称吴楚。

⑦孤：独自，孤单。

⑧洛阳：现今的河南省洛阳市。

⑨冰心：比喻纯洁的心。

赏析

这天王昌龄和好友辛渐在芙蓉楼上作别，二人眺望远方，美景一览无遗。此时此刻，王昌龄深感依依不舍，于是写下了两首诗，来表达自己送别好友的心情。这是第一首。

"寒雨连江夜入吴"，夜晚，寒冷的雨落了下来，雨势渐渐变大，雨水连着江水，落到了吴地。"连"这个词既写实又生动，这样的场景，真是让人感到难过啊！"平明送客楚山孤"，想到隔天清晨，好友就要离去，王昌龄觉得自己此刻就像楚山一样孤独。诗人把心中的孤单寄托于山，用来倾诉自己的心事。

在感到孤独的同时，王昌龄心里挂念起了故乡的亲人，于是托好友给亲友带话。"洛阳亲友如相问，一片冰心在玉壶。"这句话是什么意思？依照诗人当时的心境来解释，这是一句表现作者品德和心意的话。照字面看，就是一片冰心放在玉壶里。古人用"玉壶"表示清白的品行，彼时王昌龄虽然自己官运不佳，被贬官到江苏，但是他用这句话来告诉关心他的亲友们，自己的心仍然像冰一样纯洁，没有受到世间功名利禄的污染，请亲朋好友放心。

山中送别

❖（唐）王　维

山中相送罢，
日暮掩①柴扉②。
春草明年绿，
王孙③归不归？

注释

①掩：关闭。

②柴扉：柴门，用荆条或树枝编扎的门，意思是简陋的门。

③王孙：贵族的子孙，这里指送别的友人。

赏析

　　一般来说，唐诗中的送别诗通常会先写四周景物，再提到为朋友送别的情形，而王维的这首送别诗却很特别，抛开了大家惯用的写法，没有写景，也没有写送别说了哪些话，而是从一开头就直接说送别后的事情，真是别出新裁。

与好友道别后，天色已近黄昏。夕阳西下，"我"走进自家院里，随手一把就把晚霞关在了门外。

看到这段话，你觉得王维那时候的心情如何呢？是愉悦，还是难过？他踏进门的脚步是轻快的，还是有些沉重的？

王维刚与朋友离别，心情自然是难受、沉重的，但是他第一句诗完全没有说他心情如何，而是直接说，太阳下山了，"我"回到家把门关上。

把门关上这件事，原本只是一件我们每天都会做的事情，似乎没有什么特别，但是王维运用他的巧思，把这个动作放在"与朋友送别"之后，读者自然而然就会跟着想到，他当时的心情一定是恋恋不舍的。王维这句话耐人寻味，欲说还休，留下空白给读者自行感受，反而更能让人感受到他失落的心情。

紧接着，王维用疑问句点出了这首诗的重点："春草明年绿，王孙归不归？"等到明年草木再度由枯黄转青绿的时候，你会不会回来找我？通过这两句的描

述，我们更加确定了王维当时的心境。他在期待友人的归来，而且希望是明年，而不是后年、大后年，希望在明年的春天，一年里的第一个季节，能再见到好友。

赋得^①古原草送别

❖ （唐）白居易

离离^②原上草，一岁^③一枯荣。
野火^④烧不尽，春风吹又生。
远芳^⑤侵^⑥古道，晴翠^⑦接荒城。
又送王孙^⑧去，萋萋^⑨满别情。

注释

①赋得：借古人诗句或成语命题作诗，诗题前一般都冠以"赋得"二字。这是古人学习、聚会分题作诗，或是科举考试时命题作诗的一种方式，称为"赋得体"。

②离离：青草茂盛的样子。

③一岁：一年。

④野火：荒山野地里燃起的火。

⑤芳：指野草的香气。

⑥侵：侵占，长满。

⑦晴翠：形容草原明丽翠绿。

⑧王孙：泛指贵族子弟，或是古人对朋友的尊称，在这里指白居易要送别的友人。

⑨萋萋：形容草木长得茂盛。

赏析

　　送别好友时有千万种心情，16岁时的送别会是什么样的心情呢？

　　此诗作于贞元三年（787年），白居易还是个16岁的翩翩少年。据载，这一年，他来到当时的首都长安，想要找名士顾况帮忙，所以作了这首诗，当作拜见时投献的作品。当时有个规矩，如果作诗有限定、命题时，需要在诗题的开头加上"赋得"两个字，所以，原本诗名"古原草送别"就成为"赋得古原草送别"。

　　"离离原上草，一岁一枯荣。"草原上青翠茂盛的草啊，每一年都会枯萎一次，茂盛一次。"野火烧不尽，春风吹又生。"草原上燃烧的野火啊，怎样都不能将青草烧尽。为什么呢？因为春天一来，雨露滋润，青草的芽苗又生机勃勃地钻出来了。这里写景，描述

当时白居易送别友人时，脚下踏着的草原上碧绿的青草绵延不绝的风景。古人有以景喻情的写诗习惯，或许这里作者也在告诉好友，"我"白居易对你的思念，就像那春风吹又生的小草一般，未曾间断啊！

"远芳侵古道，晴翠接荒城。"芬芳的野草长满了古老的驿道，明丽翠绿的草原尽头连接着荒凉的古城。"又送王孙去，萋萋满别情。""我"又要送好友你离去了，你看那地上茂盛的青草，正像是"我"满满的离别之情啊！

送别好友——激励、劝勉之别离

送梓州①李使君②

❖（唐）王　维

万壑③树参天，千山响杜鹃④。
山中一夜雨⑤，树杪⑥百重泉。
汉女⑦输橦布⑧，巴⑨人讼芋田⑩。
文翁⑪翻⑫教授，不敢倚先贤⑬。

注释

①梓州：在今四川省内。

②李使君：李叔明。

③壑（hè）：山谷。

④杜鹃：鸟名，又名杜宇、子规。另有一
种花，也称杜鹃，此处指的是杜鹃鸟。

⑤一夜雨：一作"一半雨"。

⑥树杪（miǎo）：树梢。

⑦汉女：汉水的妇女。

⑧橦（tóng）布：用橦木花织成的布，为梓州特产。

⑨巴：古国名，故都位于今重庆市内。

⑩芋田：蜀中产芋，当时为主粮之一。

⑪文翁：汉景帝时为郡太守。

⑫翻：翻然改变，通"反"。

⑬先贤：已去世的有才德的人，这里指汉景帝时的蜀郡守。

赏析

这天在送别好友时，王维写了一首用来激励好友的道别诗。

"万壑树参天，千山响杜鹃。"眼前，如巨人般的参天大树遍布于山谷；耳中，杜鹃鸟的啼鸣响彻在千山。

"山中一夜雨，树杪百重泉。"山里，淅沥淅沥落了一夜的雨；百道泉水仿佛是从树梢上倾泻奔出。

面对如此美景，王维心中想的却是即将前往梓州赴任的好友李叔明，在此诗中王维称他为李使君。

梓州位于现今的四川省，自古四川省被称为蜀。蜀地多山，从中原入蜀的道路，险峻艰难，所以王维用了"万壑""千山"的描述。杜鹃又名杜宇、子规，又称布谷鸟。蜀地流传着一个传说故事，说杜鹃是望帝杜宇死后所化，始终盘旋在巴蜀，从不忘他的子民。

　　这首诗的前两句，是作者借对蜀地风貌的描写间接表达"蜀道难"的意思。并不是指王维送别好友时所在的地方。

　　别离时刻，王维叮嘱好友："汉女输橦布，巴人讼芋田。"汉水地区的妇女常年辛苦劳作，要按时用橦木花织成的布匹给官府纳税；梓州产芋，是当地巴人的主食。因为当地田少，巴人常为芋田发生诉讼纷争。好友李使君身上的担子不小啊！

　　"文翁翻教授，不敢倚先贤。"作者寄望李使君能效法汉景帝时的蜀郡太守文翁，教化育民，执政为民，不倚仗古代先贤原有的政绩，干出一番事业！

　　由这两句诗可知，王维是个关心民生、国家大事的人，本诗完全没有提及两人离别的愁苦，而把言语专注在积极的一面。这首朋友之间的道别诗，充满了正向的能量。

　　王维诗里的意境很高，不愧有"诗佛"之誉。

送别好友——旷达之别离

送杜少府①之②任蜀州③

❖（唐）王　勃

城阙④辅⑤三秦⑥，风烟望五津⑦。
与君⑧离别意，同是宦游⑨人。
海内⑩存知己，天涯⑪若⑫比邻⑬。
无为⑭在歧路⑮，儿女共沾巾⑯。

注释

①少府：唐朝时对县尉的称呼。

②之：到，往。

③蜀州：在今四川省内。

④城阙（què）：城楼，这里指长安城。

⑤辅：护卫、拱卫。

⑥三秦：指长安城附近的关中之地，即今陕西省潼关一带。秦朝末年，项羽带兵破秦，把关中分为三区，分别封给秦国的三个降将，所以称作三秦。

⑦五津：指岷江的五个渡口，分别是白华津、万里津、江首津、涉头津与江南津，这里用来泛指蜀川。

⑧君：对人的尊称。

⑨宦（huàn）游：出外做官。

⑩海内：四海之内，即全国各地。古人认为我国疆土四周环海，所以称天下为四海之内。

⑪天涯：天边，这里比喻极远的地方。

⑫若：好像。

⑬比邻：并邻，近邻。

⑭无为：不必，不须。

⑮歧（qí）路：岔路。

⑯巾：佩巾，手巾。

【赏析】

　　王勃的杜姓好友就要离开他们居住的长安城赴蜀州任官了。这位朋友是个县令，唐代称少府，所以王勃称好友为杜少府。分别在即，离情依依，王勃心生感慨，写下这首诗以作纪念。

　　诗的第一句就给了我们非常辽阔的视野。"城阙辅三秦"，这句诗的意思是，长安城有三秦之地给保护着，同时给出二人作别的地点。"风烟望五津"，从

迷茫的风烟之中，遥望好友要去的蜀州。似乎诗人在感叹：那是多么遥远的地方啊！第一句通过对情境的描写，就让我们感觉到两人即将远距离分隔两地，不免生出离别的感伤。

紧接着第二句，"与君离别意，同是宦游人"。诗人感叹：你我命运相仿，心意相通。因为大家都是离开家乡出外做官的人。王勃能理解好友因工作调动，必须搬家离开的心情。既然能够理解好友杜少府的想法，这样两人就能更加理解这件事："海内存知己，天涯若比邻。"四海之内，我们还是知己，即使你我相隔在天涯两端，还是像住在隔壁的邻居一样。这句话说明诗人王勃的心境非常豁达，他知道天下没有不散的宴席，人生总是会有相聚和离别的时候，他想用这句话来告诉好友，不要在离别时难过，反正我们都还在四海之内，还是好知己。

接着，王勃开导好友："无为在歧路，儿女共沾巾。"大家在分手的时候，不用儿女情长，没有必要弄得让泪水沾湿了衣裳。

王勃送别好友，是多么有气魄，多么豁达啊！

别董大①二首（其一）

❖ （唐）高　适

千里黄云②白日曛③，
北风吹雁雪纷纷。
莫愁前路无知己，
天下谁人④不识君⑤？

注释

①董大：董庭兰，是唐代知名音乐家，因为在家族中排行第一，所以称"董大"。

②黄云：天上的乌云，在阳光下，乌云看起来呈暗黄色。

③曛（xūn）：太阳西沉时黯淡的光辉。

④谁人：哪个人。

⑤君：你，指董大。

赏析

　　以诗风气势奔放出名的诗人高适写了一首诗，内容描写的是自己送别好友董大的情景。

　　董大名叫董庭兰，是个琴师，应该也是个个性豪爽的人，似乎他并没有因为自己的遭遇而颓废丧志，反而时不时来找好友高适说话聊天。

　　当时，董大的领导房琯被皇帝贬官，身为部下的董大也只能卷铺盖走人，必须另外找工作才能过活。董大准备离开长安谋事，临行前相约好友高适出来聊天，两人聊着聊着，几乎忘了时间的流逝……

　　善于写诗的高适最会捕捉这种感觉了。这首诗的第一句："千里黄云白日曛"，黄昏时分，天空千里的云被阳光余晖染成了黄色。这个景色是多么壮阔和美丽，"黄云"和"曛"都是指傍晚时分，天空即将入夜的景色。"北风吹雁雪纷纷"，冬天的北风呼呼地吹着，一只孤雁向南方飞去，雪纷纷地从天上落了下来。这里点明了季节和当时的气候：冬季的黄昏，天上下着雪。

  诗人高适和好友聊天之后，知道了好友的事情，就想要替他加油打气，所以诗人说："莫愁前路无知己，天下谁人不识君？"好友啊！别愁在未来没有知己，你这样一个著名的音乐家，天下人有谁不认识你啊！

  看来，高适不仅是写"边塞诗"的能手，也还是个暖男型的诗人，相信好友董大一定会在他的鼓励之下对未来建立起信心的。谁说写边塞诗的一定是个粗犷型的人呢？

感念友人相送之深情

赠汪伦

❖（唐）李　白

李白乘舟将欲①行，
忽闻岸上踏歌②声。
桃花潭③水深千尺，
不及④汪伦送我情。

注释

①将欲：将要。

②踏歌：当时民间的一种歌舞形式。歌者牵手，一边用脚踏地打节拍，
一边唱歌。

③桃花潭：在今安徽省泾县西南一百里处。

④不及：不如。

赏析

　　你听说过因为一场美丽的误会，反而加深了朋友之间友情的事吗？据袁枚《随园诗话补遗》记载，唐朝就发生了这么一件有趣的事，而且当事人李白竟然不怪友人，还在友人为他送别的时候，写了这首诗赠给好友，这个好友的名字，就叫汪伦。

　　李白和汪伦道别后，正要乘着船离开时，忽然听见河岸传来热闹的歌声，他转头一看，原来是好友汪伦领着几个朋友在引吭高歌，他们手牵着手，踏着富有节奏的步伐，一路往渡口这里来了。

　　朋友的热情相送，让李白突然感动得眼眶泛起泪光，他想起自己前几天之所以会来桃花潭，就是因为汪伦写了一封信给他，说汪伦住的地方有千尺桃花、万家酒店，所以邀请

李白前来。李白心里想着：那里有遍及千尺的桃花林，还有万家酒店，想要喝什么样的酒，那里都可以找得到。想得李白心花怒放，因为他就是个喜欢到处游览赏景、品尝美酒的诗人，好友汪伦提出的邀约真是太对自己的胃口了，于是李白专程过来。不过，可惜的是，听说李白来后根本没看到那些景物。汪伦不好意思地坦承，千尺桃花是指桃花潭，水深千尺；万家酒店则是有一家酒店，主人姓万，所以才称万家。

即使失望，生性乐观的李白还是被这里好客的人们给吸引住了，大家都热情地款待他，连李白要离去，汪伦还和其他友人踏歌相送，真是率真可爱。李白感动之余，诗笔一挥，写下"桃花潭水深千尺，不及汪伦送我情"的名句。即使桃花潭的水深千尺，也不及汪伦送"我"的情谊啊！这场美丽的误会，成就了一首传颂至今的友情诗作。

金陵①酒肆②留别③

❖（唐）李　白

风吹柳花满店香，吴姬④压酒⑤唤⑥客尝。
金陵子弟⑦来相送，欲行⑧不行⑨各尽觞⑩。
请君试问东流水，别意⑪与之谁短长？

注释

①金陵：今江苏省南京市。

②酒肆：酒馆。

③留别：道别前留诗给来相送的友人。

④吴姬：吴地的女子，这里指酒馆里的工作人员。

⑤压酒：压糟取酒。古时酒酿好后，要喝时才去压糟取酒。

⑥唤：一作"劝"，一作"使"。

⑦子弟：指李白的好友们。

⑧欲行：将要走的人，指李白自己。

⑨不行：来送行的人，指金陵子弟。

⑩尽觞（shāng）：喝尽杯中的酒。觞，酒杯。

⑪别意：离别情意。

赏析

　　李白即将离开金陵，这天，好友在金陵的一家酒馆设宴为他饯行。道别的时候，李白诗兴大发，写下这首留别诗，倾诉离去前的心情，赠给前来相送的金陵友人们。

　　诗一开始，就带给了我们一股浓浓的香味："风吹柳花满店香"。和风吹送，柳树开花，柳花随风飘送，在酒馆外一片片地翻飞，酒馆内酒香扑鼻。"吴姬压酒唤客尝"，酒馆里的吴地女孩动作熟练地压糟取酒，热切地呼唤客人过来品尝。第一句，就把春的气息、飞舞的柳花、美酒的醇香和酒馆的喧闹都点了出来，像是一幅春天酒馆画，而且还隐隐带着醇醇的酒香味。看来这家店的生意很好。李白来的时候，就是这样的欢快气氛，一点也没有离别前的哀愁。

　　金陵的朋友们来酒馆相送，一个个都举起酒杯和李白对饮，喝光了杯里的美酒。李白原本想洒脱地离开，却在好友盛情的款待之下，渐渐地感伤起来，"请君试问东流水，别意与之谁短长"，请你们去问问，往东流的滔滔江水，和"我"的离别情意比较，谁短谁长？

最后这句，李白把"流水"拟人化，和离别之情放在一起对比，还用问句来加强语气，来表达他的感伤之情，非常传神。他不直接说自己因为就要离开这里很难过，而是用大自然的流水和离情别意比较，问谁短谁长？言下之意，其实答案很明确，他就是想告诉金陵的好友们："我李白的离别感伤比那东流水还要绵长啊！"这样的浓厚友谊、这样的绝妙唐诗，想必让前来送行的金陵子弟们感动不已。

留别王维

❖（唐）孟浩然

寂寂①竟何待，朝朝②空自归。
欲寻芳草③去，惜与故人违。
当路④谁相假⑤，知音⑥世所稀。
只应守索⑦寞，还掩故园⑧扉⑨。

注释

①寂寂：落寞、寂寞。

②朝（zhāo）朝：天天、每天。

③芳草：这里指美好的居住地点，
暗指隐居的生活。

④当路：当权者。

⑤假：提携。

⑥知音：知己。

⑦索：一作"寂"。

⑧故园：故乡家园。

⑨扉（fēi）：门扇。

赏析

"挚友王维，我带着落寞惆怅的心情，就要向你道别了。或许归隐山林才是我该走的路吧！虽不想离去，但我还是只能与你道别。"孟浩然心里难受地想着。

那一年，来到长安的孟浩然认识了王维，两人成为至交好友。王维年轻时就中了进士，在长安任官，孟浩然十分羡慕，也希望自己在长安有一番作为。有一天，王维和孟浩然相见，忽然听见玄宗驾到，孟浩然一惊，藏匿于床下，玄宗发现，命令他出来，并让他说说自己所写的诗。

这真是个千载难逢的机会，一般人根本没有机会与皇帝见上一面，今天真是走运！但是，或许因为事出突然没有准备，这位渴望功名的才子竟然现场作了《岁暮归南山》这样一首诗："北阙休上书，南山归蔽庐。不才明主弃……"玄宗龙眉一蹙，"不才明主弃？"

你区区一介平民，说自己没有才能就算了，竟说我嫌弃你？玄宗听了很不开心，便让孟浩然离开。

孟浩然离去的步伐相当沉重，心中悔恨万分，自己写过那么多好诗，为何偏偏要当场作这首诗呢？他想清楚了，或许这就是上天的安排，自己根本不适合求仕做官吧！

他叹息一声，抒发怀才不遇的心情。"寂寂竟何待，朝朝空自归。"如此寂寞的"我"，还在等什么呢？天天出门又回家，到头来只是一场空。"欲寻芳草去，惜与故人违。""我"想要找寻那隐逸的隐居生活，可惜必须与好友离别，真是令人惋惜啊！"当路谁相假，知音世所稀。"朝中当官的人谁能提携"我"呢？知音稀少难寻。"只应守索寞，还掩故园扉。""我"还是只应守着寂寞，回到故乡关起门来隐居吧！

送好友还乡

贼①平②后送人北归③

❖（唐）司空曙

世乱同南去，时清④独北还。
他乡生白发，旧国⑤见青山。
晓月过残垒⑥，繁星宿故关。
寒禽与衰草⑦，处处伴愁颜。

注释

①贼：指唐代宗时的史朝义，是安史之乱的领导者之一，他率部下
逃到范阳，兵败而亡，最后安史之乱被平定。

②平：平定叛乱。

③北归：由南往北
回到故乡。

④时清：时局安定。

⑤旧国：指故乡。

⑥残垒：残垣断壁，指战争破坏的痕迹。

⑦衰草：枯萎衰败的野草。

赏析

　　唐朝的安史之乱改变了许多人的人生，也使唐朝由盛转衰，它的影响深远巨大。司空曙和友人互相扶持，共同经历了这么一个历史大事件。安史之乱被平定之后，友人要回北方的家乡，司空曙为他送别时，留下了这首诗。

　　诗的第一句就点出了时代背景。战乱爆发，"我"和友人一同往南方逃难。时局一安定，友人你就要独自回北方的家。战乱时期的生活，颠沛流离，日子十分困苦，以至于我们在异乡都长出了白发，好友你回到故乡也就只会看见青山如故。这里是诗人自己的想象，故乡除了青山依旧之外，其他的恐怕都成了废墟而残破不堪。诗人语气凄凉。

　　"晓月过残垒，繁星宿故关。"这两句也是作者想象友人归途中遇见的情景。晓月、繁星两个词听起来很优美，但是分别放在"残垒""故关"的诗句里，对比中立刻就显露出那种家园残破的悲凉感。这种悲凉，是时代的悲凉，是历史的悲凉，令人感到不胜唏嘘。

"寒禽与衰草，处处伴愁颜"。这仍是诗人想象出的情境。友人在回家的路途中，只有寒冷的飞禽和枯黄的野草与他的哀愁作伴。写诗需要一些想象力，这里的"寒""衰""愁"写出了路上残破的景色，还有朋友的难过之情，其实也反映出诗人司空曙自己内心的愁苦情绪。

诗人为好友送别，心情自然感伤，除了抒发友情的关怀，还提到家园残破、战乱后的心情，通过送友人北归的感伤写出"旧国残垒"和"寒禽衰草"的战后荒败之景，由送别的感伤推及时代的感伤，增强了思想性、厚度感。

对好友的牵挂

天末①怀李白（节选）

❖（唐）杜　甫

凉风起天末，
君子②意如何？
鸿雁③几时到？
江湖④秋水多。

注释

①天末：天的尽头。

②君子：指李白。

③鸿雁：喻书信。

④江湖：指充满风波的路途。

赏析

　　凉风起于天之尽头，不知远方的好友李白兄啊，现在你的心境如何呢？

　　那一年，簌簌寒风伴随着熊熊烽火，传来了安禄山与史思明叛变的消息（史称"安史之乱"）。这场人人闻之色变的内乱，自玄宗末年至代宗初年近八年，撼动了整个唐朝，处处动荡不安。

　　这首诗和《梦李白二首》是同一时期的作品，也是怀念李白的诗。当时杜甫投奔唐肃宗；而李白投效永王，永王兵败，李白被抓入狱中，后流放夜郎，途中遇赦返至湖南。杜甫知道这件事情之后，为李白的安危牵挂不已，写了这首诗。

　　那一年，秋风瑟瑟，杜甫担任华州司功参军，因为夏天遭逢大旱，又兵灾频仍，国难民苦之声时有所闻，几番思量，杜甫便赶紧带着家人逃离了华州，到了与吐蕃为邻的秦州。秦州是边塞之地，犹如天的尽头，当秋风从天边吹来，更令人顿生茫茫然的伤感，杜甫就在这时想起了挚友李白，此时李白的感受是怎

样的呢？

　　下一句"鸿雁几时到"，传达出"我"思念书信何时会到达呢？在那个时代，书信往返总是十分漫长，常常要等待许久，不像我们现代有智能手机，有微信、QQ 等通信软件，只要联网，随时可以发消息给朋友，比古代的鸿雁传书或是骑马送信便利得多。

　　从这几句话我们可知，杜甫已不再像作《梦李白二首》时那样担忧李白的生死安危，而是平静了一些，或许我们能推敲出杜甫此时已知李白仍安好，但"江湖秋水多"仍旧表达出作者为挚友牵挂不已，读来十分感人，充分表达出两人的真挚友情。

闻①王昌龄②左迁③龙标④遥有此寄

❖（唐）李　白

杨花⑤落尽子规⑥啼，
闻道龙标过五溪⑦。
我寄愁心与明月，
随君直到夜郎⑧西。

注释

①闻：听见消息。

②王昌龄：唐代诗人，唐玄宗天宝年间被贬为龙标县尉。

③左迁：贬官，降职。古人尊右卑左，所以降职称为左迁。

④龙标：古地名，位于今湖南省内，

一说在今贵州锦屏县。

⑤杨花：柳絮。

⑥子规：杜鹃鸟，又称布谷鸟，啼声凄切。

⑦五溪：唐人所说的五溪指：辰溪、酉溪、巫溪、武溪、沅溪，位于今贵州省东部、湖南省西部。关于五溪所指，尚有争议。

⑧夜郎：汉朝时，西南地区的少数民族曾在今贵州西部、北部和云南东北部及四川南部部分地区建立过政权，其中一个称为夜郎国。唐朝时，在今湖南沅陵和贵州桐梓等地设过夜郎县。

赏析

李白交游广泛，其中一个好友就是王昌龄，因为听说王昌龄被贬官降职到龙标这个地方，不禁为此感叹，而写下这首诗，遥寄自己的思念给远方的友人。

第一句："杨花落尽子规啼，闻道龙标过五溪。"杨柳的花纷纷落尽了，柳絮随风飘零，杜鹃鸟不断啼叫着，声声哀愁，"我"听说了你被贬为龙标尉的事。龙标实在是太遥远了，必须一路经过五溪，长途跋涉，才会抵达那里，真是辛苦。

诗句用了"杨花"和"子规"来描述悲伤的情绪。

柳絮随风而飘、居无定所的特性，使人感到悲凉；杜鹃啼声凄苦，常被诗人用在诗词里，表达一种哀戚的情感。

王昌龄从小生活贫苦，靠着努力学习，终于在长安的科举考试中金榜题名，考取了进士，当上了官，但其运途时好时坏，这次被贬，似乎是因为犯了些生活不拘小节的错误，也不是有什么大过失，所以李白得知他被贬官后，不禁为他感到同情和惋惜。

当时，李白和王昌龄相隔两地，李白不能陪伴好友安慰他，只好"我寄愁心与明月，随君直到夜郎西"。就让月亮带上"我"的挂念与愁思，伴随着你，一路到达夜郎以西的龙标吧！这里显然用了拟人手法，好像明月是个人，可以伴着好友上路似的。有时，我们在路上边走边抬头看月亮，是不是也会觉得月亮跟着我们一起走呢？也许李白就是想着王昌龄在夜晚也会抬头看月亮，所以将明月人格化为一个温馨的知心人，代替他一路陪伴好友，以此来表达自己的牵挂思念之情。

寄①全椒②山中道士

❖（唐）韦应物

今朝③郡斋④冷，忽念山中客⑤。
涧⑥底束⑦荆薪⑧，归来煮白石。
欲持一瓢⑨酒，远慰风雨夕⑩。
落叶满空山⑪，何处寻行迹⑫？

注释

①寄：寄赠。

②全椒：唐属滁州，今安徽省全椒县。

③朝：早晨。

④郡斋：滁州刺史衙署的斋舍。

⑤山中客：指道士好友。

⑥涧：山里的水沟。

⑦束：捆。

⑧荆薪：木柴。

⑨瓢：挖空熟干的葫芦，分成两瓣，可以当作盛酒用的勺子。

⑩风雨夕：有风雨的夜晚。

⑪空山：空寂的山。

⑫行迹：行走的踪迹。

赏析

　　韦应物因为思念朋友，所以写下了这首诗，寄赠住在全椒山中的道士好友。

　　诗的一开始，就告诉了我们他突然想念好友的原因："今朝郡斋冷"，就是"冷"这个感觉触动了韦应物的心，或许是想到好友住的地方也冷吧，让他忽然思念起山中的道士好友来。

　　"涧底束荆薪"，作者接着想到了道士好友在山中艰苦修炼的生活。在这寒冷的天气里，好友一如既往地到涧底打柴，回去仍是"煮白石"。这里的"白石"是个典故，传说以前有个隐居仙人，依着白石山而居，以白石为粮，所以被人称作白石先生。这句话指山中道士的修炼生活非常辛苦。

　　这个时期，韦应物正在滁州全椒担任官职，有俸

禄可拿，衣食无缺。想起好友的清苦修炼，韦应物心生恻隐，所以想要带些酒去看他，好让好友在风雨交加的夜里，得到些友谊的安慰。从这句诗中，我们可以感受到两人之间友情匪浅；还有韦应物想要为朋友加油打气的温情，令人动容。如果山中道士好友看到韦应物在风雨之中来访，一定会感动不已。

　　然而，最后一句诗却留给我们一个悬念："落叶满空山，何处寻行迹？"好友你的行迹遍布落满树叶的空寂的深山，"我"要到什么地方才能找得到你？看到这里，我们可以猜想一下诗人作诗的季节。诗中描述到的天冷的感觉，以及满山满谷的落叶，都告诉我们这首诗是在落叶缤纷的秋天写的。

　　全诗从第一句的"冷"引发"思念"直到"何处寻迹"，句句都充满了对朋友的关心之情，最后诗人表达出不知要到何处寻找好友，又抒发了心里的惆怅之意。

秋夜寄①丘员外②

❖（唐）韦应物

怀③君属④秋夜，
散步咏⑤凉天。
山空松子⑥落，
幽人⑦应未眠。

注释

①寄：传达心意。

②丘员外：姓丘，名丹，曾为官，后来隐居平山上。
丘，一作"邱"。

③怀：怀念。

④属：正值，适逢。

⑤咏：用诗文来表达、描述。

⑥松子：松果。

⑦幽人：幽居隐逸的人，这里指丘员外。

赏析

　　这是一首怀念朋友的诗。住在平山上的丘员外是诗人韦应物以前在苏州时认识的好友。凉凉的秋夜里，诗人思念起他，所以写下这首诗。

　　想念你啊！我远方的好友，现在正值秋季，我一面悠闲地散着步，感受着夜晚的凉意，一面用诗来吟咏这凉爽的天气。"凉天"与"秋夜"相呼应，让我们仿佛也能感受到秋夜的温度，非常具有画面感和温度感。

　　正当韦应物想念朋友丘员外，脑海中都是过去与好友相聚的美好画面时，突然，"山空松子落"，一颗小小的松果从树上掉了下来。

　　松果掉落到地上的声音以及眼前所见的景象，又把韦应物的思绪给拉回去了。这颗小松果虽然小巧，但这里是深山，又是夜里，山中如此幽静，如此空寂，韦应物在听到松果掉落的声音时也听见了自己的脚步声，想起自己正在山里散步。这句诗，韦应物在空间上安排得非常巧妙，这颗松果是个停顿点，就像个逗号一样，表明诗人的思绪还未结束。"幽人应未眠"，异地相思的韦应物又回到了思念朋友这个主题：这个时候，好友丘员外应该还没睡吧？是不是和他一样，也在山中散步，也在思念对方。全诗富有韵味，贴切地表现了诗人思念好友的心情。

在独客异乡的孤独之中怀念好友

宿桐庐江寄广陵旧游

❖（唐）孟浩然

山暝^①听猿愁，沧江^②急夜流。
风鸣两岸叶，月照一孤舟。
建德非吾土^③，维扬^④忆旧游。
还将两行泪，遥寄海西头^⑤。

注释

①暝（míng）：天暗，黄昏。

②沧江：指桐庐江。沧，同"苍"，苍青。

③非吾土：不是我的家乡。吾，我。

④维扬：扬州的别称。

⑤海西头：指扬州。

赏析

　　这是孟浩然乘舟停宿桐庐江的时候，因为感到孤单，想念远方的朋友而作的一首诗。

　　"山暝听猿愁"，天色已黄昏，又从山中传来猿猴的啼声，如泣如诉，听得人发愁。"沧江急夜流"，苍青色的桐庐江水滚滚而去，在黑夜里急急奔流着。

　　"风鸣两岸叶"，强劲的风在两岸树叶间到处穿梭，叶子仿佛是跟着风一起鸣叫起来。"月照一孤舟"，月光轻轻洒下，散在江面上的一叶孤舟上。孤，有孤单、寂寞的意思，诗人用了比喻，小船本身不会孤单，是写诗的人感到孤单，所以才称孤舟。孟浩然或许是想起自己独自在异乡，所以才觉得孤独。

　　"建德非吾土，维扬忆旧游。"建德虽美但不是我的家乡，我还是想念扬州的好友。维扬是古代扬州的称谓。读到这里，一幅风景画是不是已经呈现在我们眼前了？想想看，黄昏入夜时分，听着猿声凄凄、风鸣呼呼、水流声声，诗人怀念起扬州的好友，在不知不觉中已潸然泪下。

朋友情谊 珍惜

"还将两行泪，遥寄海西头。"就让这桐庐江载着"我"的热泪奔向大海，带给大海西头的友人吧！海西头也指扬州，因为古扬州非常广阔，大海就在其东部，海的西部就是扬州，故称海西头。这首诗的维扬和海西头都是指扬州，都是指友人的故乡。

在这首诗中，唐朝田园派诗人孟浩然把内心的愁闷寄托于山水之间，运用大自然的景象表达了自己的内心感受，以景喻情，情景交融。

寄令狐郎中^①

❖（唐）李商隐

嵩^②云秦^③树久离居，
双鲤^④迢迢^⑤一纸书。
休问^⑥梁园^⑦旧宾客，
茂陵^⑧秋雨病相如^⑨。

注释

①令狐郎中：令狐是复姓，令狐郎中就是令狐绹（táo），他因为担任右司郎中的官职，所以被称为令狐郎中。

②嵩：嵩山，在今河南省内。

③秦：指长安，在今陕西省内。

④双鲤：指书信。典故出自汉朝乐府诗《饮马长城窟行》，"客从远方来，遗我双鲤鱼。呼童烹鲤鱼，中有尺素书"。

⑤迢迢：遥远。

⑥休问：别问。

⑦梁园：位于今河南省商丘市内，始建于西汉，梁孝王刘武的园林，司马相如等文士都曾客游梁园。此处比喻自己昔年游于令狐门下。

⑧茂陵：在今陕西省兴平县东北，以汉武帝陵墓而得名。

⑨相如：司马相如，西汉辞赋家。

赏析

　　古代交通不便，人与人之间的交流不像现代这么便利。在唐朝人们最常用来联络感情的方式，就是互通书信了。

　　李商隐和令狐绹这两个好友间常有书信来往，这一天，李商隐想要分享心事给友人令狐绹，所以写了这首诗。

　　"嵩云秦树久离居"，当时，李商隐居住在洛阳，好友令狐郎中住在长安（今陕西西安），他提笔写信的时候，想到洛阳的嵩山高耸入云，长安的秦树繁盛生长，就借嵩云、秦树代指自己和好友。"双鲤迢迢一纸书"，因为千里迢迢相隔遥远，所以只能通过一封封书信来保持联系。这两句诗中有借代、有典故，描述得很含蓄。

"休问梁园旧宾客"，这句是写目前自己的状况。梁园是西汉的梁孝王刘武命人建造的园林，司马相如等文士曾客游于此。诗人早年曾受好友的父亲令狐楚知遇与提携，所以此处是诗人以"梁园旧宾客"自比。

"茂陵秋雨病相如"，这句是说自己现在生病了，就好像当年生病的司马相如，住在秋雨瑟瑟的茂陵里。这句也用了典故，司马相如当年因为生病而辞去原来的官职，到茂陵居住，后人就用"茂陵书生"代指落魄文人。李商隐身体不适，思念朋友，想让好友知道自己的状况，所以写下了这首用词委婉又寄情深远的诗。

凉 思

❖（唐）李商隐

客^①去^②波平槛^③，蝉休露满枝。

永怀当此节^④，倚立自移时^⑤。

北斗^⑥兼春^⑦远，南陵^⑧寓使^⑨迟。

天涯占梦数^⑩，疑误有新知^⑪。

注释

①客：指友人。

②去：离开。

③槛（jiàn）：栏杆。

④节：季节。

⑤移时：时间流过。

⑥北斗：北斗七星，因为它屹立天极，众星围拱，古人常用来比喻君主，这里指皇帝驻居的京城长安。

⑦兼春：兼年，两年。

⑧南陵：唐朝时的宣州，今安徽省南陵县。

⑨寓使：传书的使者。

⑩数：无数次，屡次。

⑪新知：新的知心朋友。

赏析

　　这首诗是诗人滞留南陵秋夜之时所作，表达了羁留久不归的悲凉心绪。

　　第一句"客去波平槛，蝉休露满枝"以叙事为主，兼写静物。客人离去，湖水涨平了栏槛，鸣蝉停止了叫声，露水挂满了枝头。诗人以白描的手法描绘出一幅宁静的秋夜图，用水涨、蝉静、露寒来渲染气氛，止不住的凉气习习为后几句点明心事做好了铺垫。

　　第二句"永怀当此节，倚立自移时"在第一句铺垫的基础上转写"凉思"。在这个时刻诗人独自伫立，凝神长想，满怀愁思，不知不觉时间已经过去了很久。秋夜里，诗人久久静立，那份绵绵不尽的愁思，那份孤独寂寞早已飘溢而出。

　　第三句"北斗兼春远，南陵寓使迟"是所思内容之一。古人常用"北斗"来比喻君王，这里指君王所居之地京城长安，"兼春"二字点明诗人客居异地已经整整两年了。南陵为唐朝宣州属县，即今安徽省南陵县，是诗人此刻寓居之所。诗人离开京城客居异地已经两年了，可一时半会还回不去长安，自己的才能无法报效君王，让人感觉前程无望；同时因为友人的离去，那美好的时光也一去不复返了，而到南陵来的传书使者还迟迟未到，所以关于友人的消息一点也没有。一个"远"字写出了渺茫无希望的未来，一个"迟"字写出诗人已届晚年，仕途无望，让人备感心酸。

　　第四句"天涯占梦数，疑误有新知"紧扣"思"的主题。日有所思，夜有所梦，在天涯之远处，诗人孤苦无告，于是常借梦境占卜吉凶，甚至猜疑所联系的朋友有了新结识的友人而不念旧交了。这里写出了诗人对朋友的依恋关切，也写出了自己远离朋友的孤独愁苦。

　　全诗直抒胸臆，语言清新，感情真挚，与往日的婉约朦胧风格有所不同，是诗人风格较为别致的一首。

相　思

❖ （唐）王　维

红豆①生南国②，
春来发几枝？
愿君多采撷③，
此物最相思。

注释

①红豆：又名相思子、美人豆，一种生在江南地区的植物，广泛分布于热带地区。

②南国：南方。

③采撷（xié）：采摘。

赏析

相思相思，什么东西最能代表相思呢？如果你问身旁的人，回答的人大多会说："当然是红豆"。为什

么大家都这样回答呢？就是因为这首《相思》实在是太红了！

　　你知道这首诗是王维写给哪位好友的吗？

　　这首诗又名《江上赠李龟年》，是作者送给友人李龟年的。李龟年不是诗人，而是唐玄宗时代一位著名的唱作型歌者兼乐师，既会唱歌，又会演奏乐器，才华横溢，所以听者众多，其中不乏王公贵族。王维也被他的才华吸引，后来两人还成了好朋友。

　　"红豆生南国"，气候温润的南方多地都长有红豆树，因它的果实呈赤红色，小巧浑圆，故人们称之为红豆。"春来发几枝？"红豆啊红豆，春天已经来临，不知你又生出了多少新枝？

　　王维没有对友人直述心中的思念，反而从侧面以物喻情，直接以红豆为主角，还俏皮地问红豆"春来发几枝"，非常有趣，充满了童真。

　　"愿君多采撷，此物最相思。"王维说，好友啊！你到江南之时要多多采摘，因为此物最能代表"我"王维对你的思念了。传说古代有位女子因与丈夫分离，伤心欲绝，最后哭死在树下，她死后化作小小的红豆，

人们奔走告知，说那是相思子，代表对怀念之人无尽的思念。古人含蓄，不直接说自己想念对方，而是以红豆喻思念之情，王维便把这种文化习俗运用在诗里，成就了这首朗朗上口、深受大众喜爱的传世诗篇。

此诗被收入清康熙安排编修的《全唐诗》中，传诵至今。这首赠与好友的《相思》堪称王维的经典之作。

故乡杏花

❖（唐）司空图

寄花寄^①酒喜新开，
左把花枝右把杯。
欲问花枝与杯酒，
故人何^②得不同来？

注释

①寄：寄情。

②何：为什么。

赏析

　　一天，晚唐诗人司空图怀念起故乡和友人，想着故乡的杏花是不是此时也正在绽放，遂赋诗一首记录下当时的心情。

　　杏花和美酒，都是司空图喜爱的。诗的第一句"寄

花寄酒喜新开"，言说作者寄情于花朵和美酒，欣喜于杏花盛开的景象。

所以，他乐得"左把花枝右把杯"，这是作者对自我状态的描述，即他正在一边把赏鲜花，一边品尝美酒。

但是，诗人觉得，再好的繁花胜景、再好的醇香美酒，都比不过好友的陪伴，特别是他故乡的好友们。司空图本来赏着花、饮着酒，非常愉悦开心，但是一想起故乡的友人，他那思乡的情绪便在心里油然升起，他的心情也渐渐由喜转悲，似乎就像天上的云朵一样，越积越多，渐渐变得黯淡下来。

或许觉得自己孤单，没有故乡的好友在旁，诗人只能对着眼前的杏花和酒杯说话，以解自己的相思之苦。"欲问花枝与杯酒，故人何得不同来？"，诗人想问这美丽的花、香醇的酒，故乡的人为什么不能一起来到他身

旁，一同来赏花饮酒呢?

　　这首诗表面上写的是花，但实际内容写的却是人，是睹物思人的好作品，表达出司空图对故乡好友的浓浓思念。

黄庭坚（1045—1105 年），字鲁直，号山谷道人，晚号涪翁，洪州分宁（今江西省九江市修水县）人，北宋著名文学家、书法家。与杜甫、陈师道和陈与义素有"一祖三宗"（黄庭坚为其中一宗）之称；与张耒、晁补之、秦观都游学于苏轼门下，合称"苏门四学士"；在诗歌方面，与苏轼齐名，世称"苏黄"。黄庭坚最重要的成就是诗，主张作诗应学杜甫，强调读书查据，以雅为俗，以故为新，构建并提倡"无一字无来处"和"夺胎换骨，点铁成金"等诗学理论，在宋代影响颇大，成为江西诗派开山之祖。著有《山谷词》。

寄黄几复^①（节选）

❖（宋）黄庭坚

我居北海君南海，
寄雁传书^②谢不能。
桃李春风一杯酒，
江湖夜雨十年灯。

注释

①黄几复：姓黄，名介，字几复，是黄庭坚少年时就认识的好朋友。

②寄雁传书：古代有鸿雁传书信的说法。

赏析

　　黄几复是北宋诗人黄庭坚少年时就认识的好朋友，两人常有书信往来，这首诗就是黄庭坚写来要寄给黄几复的。

　　读这首诗之前，我们先来了解一下两人住的地方。诗人黄庭坚在"跋"（一种文体，通常在文章、书信、画作或图书的后面书写，用来评介、解释）里面说："几复在广州四会，予在德州德平镇，皆海滨也。"我们从这里得知，当时友人黄几复住广州，黄庭坚住德州，一南一北，都靠海，所以，诗的第一句"我居北海君南海"，是说"我"居住在北海之滨，而好友你住在南海之滨。

两人住得天南地北，相隔万里，所以"寄雁传书谢不能"，连用鸿雁传信，都办不到，真是没有办法。黄庭坚和好友来往书信当然不是用鸟来传递，这句话的意思是两人住的地方距离太遥远了，连鸿雁都飞不到那么遥远的地方。另一层意思是说，两人的友谊，再遥远的距离都不能阻隔，还能维持得那么好，说明两人是真正的好朋友。黄庭坚和黄几复真的交情很好，你看，《留几复饮》《再留几复饮》《赠别几复》，这些都是黄庭坚写给好友黄几复的诗。有诗

为证，两人关系非常好。

这两人住得那么远，见面不容易，使黄庭坚回想起过去，"桃李春风一杯酒"，当年"我"和好友你在春天桃花李花盛开、春风吹拂的时候一起喝酒，那是多么美好的回忆。但是岁月匆匆，"江湖夜雨十年灯"，而今你我相别十年，每逢夜雨，独对孤灯，相互思念。这两句诗念起来，不禁让人觉得有些感伤。黄庭坚和好友的友情，能经得起远距离和长时间的考验，真的不容易。